Lettre d'une inconnue

Stefan Zweig

Titre du livre original : Brief einer Unbekannten

Date de première publication du livre original : 1922

Titre de la traduction : Lettre d'une inconnue

Auteur original : Stefan Zweig

Traducteur : Anonyme

Éditeur : TAZIRI

Avertissement : Cette oeuvre est une traduction d'une œuvre initialement dans le domaine public. Les noms, personnages, entreprises, lieux, événements et incidents sont des produits de l'imagination de l'auteur original ou sont utilisés de manière fictive. Toute ressemblance avec des personnes réelles, vivantes ou décédées, ou avec des événements réels, serait purement fortuite.

Remerciements : L'éditeur souhaite exprimer sa reconnaissance au traducteur anonyme, dont les compétences et les efforts ont été essentiels à la traduction de ce livre en langue française.

Couverture : © TAZIRI, 2022

ISBN : 9789982471299.

Lorsque le célèbre romancier R. revint tôt le matin à Vienne après trois jours de rafraîchissante excursion en montagne et acheta un journal à la gare, il se rappela, en survolant à peine la date, que c'était son anniversaire ce jour-là. Le quarante et unième, se souvint-il rapidement, et cette constatation ne lui fit ni bien ni mal. Il feuilleta distraitement les pages craquantes du journal et rentra dans son appartement en taxi. Le domestique lui annonça que deux personnes étaient venues pendant son absence, qu'il avait reçu plusieurs appels téléphoniques et lui apporta le courrier accumulé sur un plateau. D'un air nonchalant, il examina les lettres, déchira quelques enveloppes dont les expéditeurs l'intéressaient ; une lettre, portant une écriture inconnue et semblant volumineuse, fut mise de côté pour le moment. Entre-temps, le thé avait été servi ; il s'installa confortablement dans un fauteuil, parcourut à nouveau le journal et quelques imprimés, puis alluma un cigare et se saisit enfin de la lettre mise de côté.

Il s'agissait d'une vingtaine de pages écrites hâtivement dans une écriture féminine, tremblante, ressemblant davantage à un manuscrit qu'à une lettre. Machinalement, il tâta encore une fois l'enveloppe, au cas où une lettre d'accompagnement aurait été oubliée. Mais l'enveloppe était vide et ne portait ni adresse de l'expéditeur, ni signature, tout comme les feuilles elles-mêmes. Étrange, pensa-t-il, et il reprit le manuscrit. « À toi, qui ne m'as jamais connue », était-il écrit en haut, comme une invocation, comme un titre. Étonné, il s'arrêta : cela s'adressait-il à lui, ou à un être imaginé ? Sa curiosité fut soudain éveillée. Il commença à lire :

Mon enfant est mort hier – trois jours et trois nuits, j'ai lutté contre la mort pour ce petit être fragile, quarante heures durant, j'ai veillé à son chevet tandis que la grippe secouait son pauvre corps brûlant de fièvre. J'ai rafraîchi son front brûlant, j'ai tenu ses petites mains agitées, jour et nuit. Le troisième soir, j'ai craqué. Mes yeux n'en pouvaient plus, ils se sont fermés sans que je le sache. J'ai dormi trois ou quatre heures sur la chaise dure, et entre-temps, la mort l'a emporté. Maintenant, il repose là, mon doux, pauvre garçon, dans son petit lit étroit, exactement comme il est mort ; seulement, on lui a fermé les yeux, ses yeux intelligents et sombres, on a croisé ses mains sur la chemise blanche, et quatre bougies brûlent haut aux quatre coins du lit. Je n'ose pas regarder, je n'ose pas bouger, car quand les bougies vacillent, des ombres passent sur son visage et sa bouche close, et c'est comme si ses traits s'animaient, et je pourrais croire qu'il n'est pas mort, qu'il va se réveiller et me dire quelque chose de tendre, de son innocente voix d'enfant. Mais je le sais, il est mort, je ne veux plus regarder pour ne pas espérer encore une fois, pour ne pas être déçue encore une fois. Je le sais, je le sais, mon enfant est mort hier – à présent, il ne me reste que toi au monde, seulement toi, qui ne sais rien de moi, toi qui, pendant ce temps, joues peut-être ou te divertis avec des choses et des gens. Seulement toi, qui ne m'as jamais connue, et que j'ai toujours aimé.

J'ai pris la cinquième bougie et l'ai posée ici, sur la table, là où je t'écris. Car je ne peux pas rester seule avec mon enfant mort sans hurler mon âme, et à qui pourrais-je parler en cette heure épouvantable, sinon à toi, qui a toujours été tout pour moi et qui l'es encore ? Peut-être ne pourrai-je pas te parler clairement, peut-être ne me comprendras-tu pas – ma tête est si engourdie, mes tempes sont traversées de coups et de pulsations, mes membres me font si mal. Je crois que j'ai de la fièvre, peut-être même la grippe, celle qui rôde de porte en porte en ce moment, et ce serait une bonne chose, car alors je partirais avec mon enfant et n'aurais plus rien à faire contre moi. Parfois, tout devient noir devant mes yeux ; peut-être ne pourrai-je même pas finir cette lettre – mais je veux rassembler toutes mes forces pour te parler une fois, une seule fois, à toi, mon bien-aimé, toi qui ne m'as jamais reconnue.

C'est à toi seul que je veux parler, pour la première fois te dire tout ; tu dois connaître toute ma vie, une vie qui a toujours été la tienne, même si tu n'en as jamais eu conscience. Mais tu ne dois découvrir mon secret que lorsque je serai morte, lorsque tu n'auras plus à me répondre, lorsque ce qui fait trembler mes membres de chaud et de froid maintenant sera vraiment la fin. Si je dois continuer à vivre, je déchirerai cette lettre et continuerai à me taire, comme je l'ai toujours fait. Mais si tu tiens cette lettre entre tes mains, tu sauras qu'une morte te raconte sa vie, cette vie qui fut la tienne de sa première à sa dernière heure de veille. N'aie pas peur de mes paroles ; une morte ne veut plus rien, ni amour, ni pitié, ni consolation. Tout ce que je te demande, c'est que tu croies tout ce que ma douleur, se réfugiant en toi, te révèle. Crois-moi en tout, je ne te demande qu'une seule chose : on ne ment pas à l'heure de la mort d'un enfant unique.

Je vais te révéler toute ma vie, cette vie qui a vraiment commencé le jour où je t'ai connu. Avant cela, ce n'était qu'une sorte de brouillard et de confusion, dans lesquels mes souvenirs ne plongent jamais, une sorte de cave pleine de choses et de gens poussiéreux, enchevêtrés dans des toiles d'araignée, des choses dont mon cœur ne sait plus rien. Quand tu es apparu, j'avais treize ans et j'habitais dans le même immeuble que toi, là où tu vis aujourd'hui, dans ce même immeuble où tu tiens maintenant entre tes mains cette lettre, le dernier souffle de ma vie. J'habitais au même étage, juste en face de la porte de ton appartement. Tu ne te souviens probablement plus de nous, de la veuve d'un fonctionnaire des finances (elle portait toujours du deuil) et de l'adolescente maigre à moitié adulte – nous étions si silencieuses, presque plongées dans notre modestie petite-bourgeoise – tu n'as peut-être jamais entendu notre nom, car il n'y avait pas de plaque sur notre porte, et personne ne venait, personne ne demandait après nous. C'était il y a si longtemps, quinze, seize ans, non, tu ne t'en souviens sûrement plus, mon bien-aimé, mais moi, oh, je me souviens avec passion de chaque détail. Je me rappelle encore aujourd'hui le jour, non, l'heure où j'ai entendu parler de toi pour la première fois, où je t'ai vu pour la première fois, et comment ne m'en souviendrais-je pas, puisque c'est à ce moment-là que le monde a commencé pour moi. Permets, mon bien-aimé, que je te raconte tout, tout depuis le début ; je t'en prie, ne te lasse pas d'écouter ces quelques minutes de mon histoire, car moi, je n'ai jamais cessé de t'aimer pendant toute une vie.

Avant que tu n'emménages dans notre immeuble, des gens laids, méchants et querelleurs vivaient derrière ta porte. Aussi pauvres qu'ils étaient, ils haïssaient par-dessus tout la pauvreté de leurs voisins, la nôtre, parce qu'elle refusait d'être associée à leur brutalité prolétarienne déchue. L'homme était un ivrogne qui battait sa femme ; souvent, nous étions réveillées en pleine nuit par le bruit de chaises renversées et de vaisselle brisée. Une fois, elle s'enfuit dans l'escalier, le visage en sang, les cheveux en bataille, et son mari, ivre, la poursuivait en criant, jusqu'à ce que les voisins sortent de chez eux et le menacent d'appeler la police. Ma mère avait toujours évité tout contact avec eux dès le début, et m'avait interdit de parler à leurs enfants, qui se vengeaient de moi à la moindre occasion. Quand ils me rencontraient dans la rue, ils m'insultaient avec des mots vulgaires, et un jour, ils m'ont frappée avec des boules de neige si dures que le sang coulait de mon front. Tout l'immeuble détestait ces gens d'un instinct commun, et lorsque soudain quelque chose se produisit — je crois que l'homme fut emprisonné pour vol — et qu'ils durent déménager avec leurs affaires, nous avons tous poussé un soupir de soulagement. Pendant quelques jours, une pancarte de location fut accrochée sur la porte de l'immeuble, puis elle fut retirée, et le concierge annonça rapidement qu'un écrivain, un homme seul et calme, avait pris l'appartement. C'est alors que j'entendis ton nom pour la première fois.

Quelques jours plus tard, des peintres, des décorateurs, des nettoyeurs arrivèrent pour débarrasser l'appartement des traces des anciens occupants. On martelait, grattait et nettoyait, mais ma mère s'en réjouissait, disant que cette saleté allait enfin disparaître. Je ne t'avais pas encore aperçu, même pendant le déménagement : c'était ton domestique qui supervisait tous les travaux, ce petit homme sérieux aux cheveux gris, un domestique d'une grande maison qui dirigeait tout avec calme et autorité. Il nous impressionnait beaucoup, d'abord parce qu'un domestique de maison noble était quelque chose de nouveau dans notre modeste immeuble de banlieue, et ensuite parce qu'il était d'une extrême politesse envers tout le monde, sans pour autant se mêler aux domestiques ni engager de conversations amicales avec eux. Il saluait ma mère respectueusement dès le premier jour comme une dame, et même moi, cette gamine insignifiante, il me traitait toujours avec sérieux et gentillesse. Lorsqu'il prononçait ton nom, c'était toujours avec une certaine révérence, un respect particulier — on voyait immédiatement qu'il te vouait une dévotion bien au-delà du simple devoir. Et combien je l'aimais, ce bon vieux Johann, même si je le jalousais de pouvoir toujours être près de toi et te servir.

Je te raconte tout cela, mon bien-aimé, tous ces petits détails presque ridicules, pour que tu comprennes comment, dès le début, tu as pu exercer une telle influence sur l'enfant timide et effrayée que j'étais. Avant même que tu n'entres dans ma vie, une aura t'entourait déjà, une atmosphère de richesse, d'étrangeté et de mystère. Nous tous dans notre petit immeuble de banlieue (les gens qui mènent une vie étroite sont toujours curieux de tout ce qui est nouveau à leurs portes) attendions avec impatience ton arrivée. Et cette curiosité à ton sujet, combien elle s'accrut pour moi, lorsqu'un après-midi, en rentrant de l'école, je vis le camion de déménagement devant la maison. La plupart des objets lourds avaient déjà été montés par les déménageurs, et maintenant ils transportaient des choses plus petites une par une. Je me suis arrêtée à la porte pour tout observer, car tous tes objets étaient si étranges, si différents de tout ce que j'avais jamais vu. Il y avait des idoles indiennes, des sculptures italiennes, de grands tableaux éclatants, et enfin, il y avait des livres, tellement de livres, si beaux, comme je n'en avais jamais imaginé. Ils étaient empilés devant la porte, et le domestique les réceptionnait, en dépoussiérant soigneusement chacun avec un bâton et un plumeau. Je rôdais curieusement autour de cette pile qui ne cessait de grandir, mais le domestique ne m'a ni chassée, ni encouragée ; alors, je n'osais pas en toucher un seul, même si j'aurais aimé sentir le cuir doux de certains d'entre eux. Je regardais seulement les titres de côté, timidement : il y en avait en français, en anglais, et dans des langues que je ne comprenais pas. Je crois que j'aurais pu les regarder pendant des heures, mais ma mère m'a appelée à l'intérieur.

Toute la soirée, je n'ai cessé de penser à toi, avant même de te connaître. Je ne possédais moi-même qu'une douzaine de livres bon marché, reliés dans du carton usé, que j'aimais plus que tout et que je relisais sans cesse. Et maintenant, je ne cessais de penser à ce que devait être l'homme qui possédait et avait lu tous ces merveilleux livres, qui parlait toutes ces langues, qui était si riche et si savant à la fois. Une sorte de vénération presque surnaturelle s'associait pour moi à l'idée de tous ces livres. Je tentais de t'imaginer : tu devais être un vieil homme avec des lunettes et une longue barbe blanche, semblable à notre professeur de géographie, mais beaucoup plus bienveillant, plus beau et plus doux. Je ne sais pas pourquoi j'étais déjà convaincue à l'époque que tu devais être beau, même si je t'imaginais comme un vieil homme. C'est cette nuit-là, sans te connaître, que j'ai rêvé de toi pour la première fois.

Le lendemain, tu as emménagé, mais malgré toute ma vigilance, je n'ai pas pu te voir — cela n'a fait qu'attiser ma curiosité. Enfin, le troisième jour, je t'ai vu, et quelle surprise bouleversante ce fut pour moi de découvrir à quel point tu étais différent de l'image que je m'étais forgée de toi, celle d'un père céleste enfantin. Je t'avais imaginé comme un vieil homme bienveillant avec des lunettes, et là, tu es apparu — toi, exactement comme tu es encore aujourd'hui, toi, immuable, insensible au passage des années ! Tu portais une tenue sportive brun clair, ravissante, et tu montais l'escalier avec cette légèreté incomparable, presque enfantine, en prenant toujours deux marches à la fois. Ton chapeau à la main, je vis avec un étonnement indescriptible ton visage clair et vif, tes cheveux encore jeunes : vraiment, je fus frappée de stupeur devant ta jeunesse, ta beauté, ta silhouette élancée et élégante. Et n'est-ce pas étrange ? Dès cette première seconde, je ressentis clairement ce que je, et tant d'autres, allions toujours éprouver à ton égard : que tu étais un être double, un garçon ardent, insouciant, tout entier dévoué au jeu et à l'aventure, et en même temps, dans ton art, un homme impitoyablement sérieux, consciencieux, infiniment instruit et cultivé. Sans m'en rendre compte, je percevais déjà ce que tout le monde finirait par ressentir auprès de toi : tu menais une double vie, une vie avec une face lumineuse, tournée vers le monde, et une face sombre, que toi seul connaissais — cette dualité profonde, ce mystère de ton existence, je l'ai ressenti, moi, la fillette de treize ans, magiquement attirée, dès mon premier regard.

Comprends-tu maintenant, mon bien-aimé, quel miracle, quelle énigme séduisante tu devais représenter pour moi, l'enfant que j'étais ? Découvrir soudain qu'un homme qu'on vénérait parce qu'il écrivait des livres, parce qu'il était célèbre dans ce grand monde lointain, était en réalité un jeune homme élégant, joyeux, aux allures presque enfantines, de vingt-cinq ans ! Dois-je encore te dire qu'à partir de ce jour, plus rien dans notre maison, ni dans ma petite vie d'enfant pauvre, ne m'intéressait, à part toi ? Que j'ai tourné autour de ta vie, de ton existence, avec toute l'obstination, toute la ténacité inébranlable d'une fillette de treize ans ? Je t'observais, j'observais tes habitudes, les gens qui venaient te voir, et tout cela ne faisait qu'accroître, au lieu d'apaiser, ma curiosité à ton égard, car toute cette dualité de ton être se reflétait dans la diversité de tes visiteurs. Il y avait des jeunes gens, tes camarades, avec qui tu riais et t'amusais follement, des étudiants un peu dépenaillés, et puis des dames, qui arrivaient en voiture ; un jour, même, le directeur de l'opéra, le grand chef d'orchestre que je n'avais vu jusqu'alors qu'avec vénération depuis la salle, et puis aussi de jeunes filles, encore élèves au lycée de commerce, qui entraient dans l'appartement en toute hâte et avec embarras. Beaucoup, vraiment beaucoup de femmes. Je ne m'en souciais pas particulièrement, même lorsque, un matin, en partant pour l'école, je vis une dame, entièrement voilée, s'éloigner de chez toi — j'avais seulement treize ans, et la curiosité passionnée avec laquelle je te guettais et t'observais ne savait pas encore qu'elle était déjà de l'amour.

Mais je me souviens précisément, mon bien-aimé, du jour et de l'heure où je me suis entièrement et pour toujours perdue en toi. J'avais fait une promenade avec une amie de l'école, nous étions en train de bavarder devant le portail. Une voiture est arrivée, s'est arrêtée, et déjà, tu bondissais du marchepied avec cette impatience, cette légèreté qui me fascinent encore aujourd'hui, et tu te dirigeais vers la porte. Instinctivement, je me suis précipitée pour t'ouvrir la porte, et en faisant cela, je me suis trouvée sur ton chemin, si bien que nous avons failli nous heurter. Tu m'as regardée avec ce regard chaleureux, doux, enveloppant, qui était comme une caresse, tu m'as souri — oui, je ne peux le dire autrement, tu m'as souri tendrement et tu as dit d'une voix presque confidentielle et très douce : « Merci beaucoup, mademoiselle. »

C'était tout, mon bien-aimé, mais à partir de cette seconde, dès que j'ai ressenti ce regard tendre et chaleureux, j'étais à toi. Plus tard, je l'ai su, je l'ai vite appris, que ce regard enveloppant, attirant, ce regard qui dénude tout en enveloppant, ce regard du séducteur né, tu le donnes à toutes les femmes que tu frôles, à chaque vendeuse qui te sert, à chaque femme de chambre qui t'ouvre la porte, que ce regard chez toi n'est pas conscient, ni intentionnel, mais que ta tendresse envers les femmes fait inconsciemment adoucir et réchauffer ton regard chaque fois que tu te tournes vers elles. Mais moi, l'enfant de treize ans, je ne pouvais pas le savoir : j'étais comme plongée dans le feu. Je croyais que cette tendresse n'était réservée qu'à moi, rien qu'à moi, et dans cette seconde unique, la femme en moi, en cette adolescente, s'était éveillée, et cette femme t'était déjà pour toujours dévouée.

«Qui c'était?» me demanda mon amie. Je ne pouvais pas lui répondre tout de suite. Il m'était impossible de prononcer ton nom : en cette seule et unique seconde, il était devenu sacré pour moi, mon secret. «Oh, un monsieur qui habite ici», balbutiai-je maladroitement. «Mais pourquoi es-tu devenue si rouge quand il t'a regardée?» se moqua mon amie, avec toute la méchanceté curieuse d'un enfant. Et justement parce que je sentais qu'elle touchait avec sarcasme à mon secret, le sang monta encore plus chaudement à mes joues. Par embarras, je devins brusque. «Imbécile !» dis-je violemment, j'aurais voulu l'étrangler. Mais elle ne fit que rire encore plus fort et plus méchamment, jusqu'à ce que je sente les larmes me monter aux yeux, de rage impuissante. Je la laissai là et courus à l'intérieur.

À partir de cette seconde, je t'ai aimé. Je sais, bien des femmes t'ont dit, à toi, le choyé, ce mot-là. Mais crois-moi, personne ne t'a aimé de manière aussi servile, aussi dévouée, aussi fidèlement que cet être que j'étais et que je suis toujours resté pour toi, car rien sur terre ne ressemble à l'amour inaperçu d'un enfant, cet amour qui est si désespéré, si soumis, si vigilant et passionné, comme jamais ne peut l'être l'amour exigeant et inconsciemment revendicateur d'une femme adulte. Seuls les enfants solitaires peuvent concentrer toute leur passion : les autres partagent leurs sentiments dans la sociabilité, les émoussent dans des confidences, ils ont beaucoup entendu parler d'amour, ils en ont lu, et savent que c'est un destin commun. Ils en jouent comme d'un jouet, s'en vantent comme des garçons avec leur première cigarette. Mais moi, je n'avais personne à qui me confier, personne pour me conseiller ou me mettre en garde, j'étais inexpérimentée et ignorante : je suis tombée dans mon destin comme dans un abîme. Tout ce qui grandissait en moi et s'éveillait ne connaissait que toi, le rêve de toi, comme confident : mon père était mort depuis longtemps, ma mère m'était étrangère, avec son éternelle mélancolie anxieuse de veuve et sa peur de la précarité, et les camarades d'école à moitié corrompues me répugnaient, parce qu'elles jouaient si légèrement avec ce qui, pour moi, était une passion ultime. Alors, je jetais tout ce que les autres dispersaient et divisaient, je jetais tout mon être comprimé, qui débordait toujours plus impatiemment, vers toi. Tu étais pour moi — comment te le dire ? Chaque comparaison est insuffisante — tu étais tout, toute ma vie. Tout n'existait que dans la mesure où cela avait un lien avec toi, tout dans mon existence n'avait de sens que si c'était relié à toi. Tu as transformé toute ma vie. Jusqu'alors indifférente et médiocre à l'école, je suis devenue soudain la première, je lisais des milliers de livres jusque tard dans la nuit, parce que je savais que tu aimais les livres, et, à l'étonnement de ma mère, je me mis à pratiquer le piano avec une persévérance presque entêtée, car je croyais que tu aimais la musique. Je réparais et cousais mes vêtements pour paraître plaisante et soignée à tes yeux, et le fait que ma vieille blouse d'écolière (qui était une robe d'intérieur taillée dans une tenue de ma mère) avait un patch carré sur le côté gauche me semblait insupportable. J'avais peur que tu ne le remarques et que tu ne me méprises ; c'est pourquoi je pressais toujours mon sac d'école dessus lorsque je montais les escaliers, tremblant de peur que tu ne le voies. Mais quelle folie : tu ne m'as jamais, presque jamais, regardée.

Et pourtant, je ne faisais en réalité rien d'autre de mes journées que t'attendre et t'espionner. À notre porte, il y avait un petit judas en laiton, à travers lequel on pouvait voir ta porte. Ce judas — non, ne souris pas, mon bien-aimé, encore aujourd'hui, je ne rougis pas de ces heures passées là — c'était ma fenêtre sur le monde extérieur, là, dans l'antichambre glacée, cachée de la suspicion de ma mère. Je restais assise pendant des après-midi entiers, un livre à la main, aux aguets, tendue comme une corde qui résonne dès que ta présence la touche. J'étais toujours autour de toi, toujours en tension, en mouvement ; mais tu ne pouvais pas le sentir, tout comme on ne sent pas la tension du ressort de la montre que l'on porte dans sa poche, qui patiemment, dans l'obscurité, compte tes heures et les mesure, accompagne silencieusement tes pas de son tic-tac, et sur laquelle ton regard ne se pose qu'une fois en des millions de secondes qui s'égrènent. Je savais tout de toi, je connaissais chacune de tes habitudes, chacune de tes cravates, chacun de tes costumes. Je connaissais et distinguais rapidement tes amis, et je les classais en ceux qui me plaisaient et ceux que je détestais. De mes treize à mes seize ans, j'ai vécu chaque heure en toi.

Oh, quelles folies ai-je commises ! Je baisais la poignée de porte que ta main avait touchée, je volais un mégot de cigare que tu avais jeté avant d'entrer, et il m'était sacré, car tes lèvres l'avaient effleuré. Cent fois, le soir, je descendais dans la rue sous un prétexte quelconque pour voir dans quelle pièce une lumière brillait, afin de sentir plus intensément ta présence invisible. Et les semaines où tu étais en voyage — mon cœur se serrait de peur chaque fois que je voyais le bon Johann descendre avec ta valise jaune —, ces semaines-là, ma vie était morte et vide de sens. Je déambulais, maussade, ennuyée, en colère, et je devais constamment veiller à ce que ma mère ne devine pas ma désolation en voyant mes yeux rougis par les larmes.

Je sais que tout cela te semble être des excès grotesques, des enfantillages ridicules, ces choses que je te raconte. Je devrais en avoir honte, mais je n'en ai pas honte, car jamais mon amour pour toi n'a été plus pur et passionné que dans ces excès enfantins. Je pourrais te parler pendant des heures, des jours entiers, de la manière dont j'ai vécu avec toi alors que tu me connaissais à peine de vue. Quand je te croisais dans l'escalier et qu'il n'y avait pas d'échappatoire, je baissais la tête et passais à toute allure, de peur de ton regard brûlant, comme quelqu'un qui se jette à l'eau, mais sans être touchée par le feu. Pendant des heures, des jours entiers, je pourrais te raconter ces années depuis longtemps effacées de ta mémoire, te dérouler tout le calendrier de ta vie ; mais je ne veux pas t'ennuyer ni te tourmenter. Je veux juste te confier le plus beau souvenir de mon enfance, et je t'en prie, ne te moque pas, car c'est une chose si petite, mais pour moi, enfant, c'était une immensité.

Un dimanche, sans doute, tu étais parti en voyage, et ton domestique transportait des tapis lourds qu'il avait battus, à travers la porte ouverte de ton appartement. Il en portait un avec difficulté, ce bon Johann, et dans un élan de témérité, je m'approchai de lui et lui demandai si je pouvais l'aider. Il fut surpris, mais il accepta, et ainsi — ah, si je pouvais seulement te décrire avec quelle vénération respectueuse, presque religieuse ! — je vis ton appartement de l'intérieur, ton monde, ton bureau où tu avais l'habitude de t'asseoir, avec des fleurs dans un vase en cristal bleu, tes armoires, tes tableaux, tes livres. Ce ne fut qu'un regard furtif, volé, dans ta vie, car Johann, fidèle à sa tâche, ne m'aurait pas laissé examiner les choses en détail, mais j'absorbai tout en un seul coup d'œil, et cela nourrit mes innombrables rêves éveillés et endormis à ton sujet. Cette minute brève fut le moment le plus heureux de mon enfance.

Je voulais te raconter cela pour que tu comprennes enfin, toi qui ne me connais pas, combien une vie était suspendue à la tienne, combien elle s'évanouissait à ton contact. Je voulais te raconter cette minute-là, et aussi une autre, la plus terrible de toutes, qui suivit de si près la première. Je t'ai déjà dit que je t'aimais au point d'oublier tout le reste. Je ne prêtais plus attention à ma mère ni à personne d'autre.

Je ne remarquais même pas qu'un vieil homme, un commerçant d'Innsbruck, éloigné parent de ma mère, venait de plus en plus souvent et restait de plus en plus longtemps. Cela m'arrangeait, car il emmenait parfois ma mère au théâtre, et je pouvais rester seule, penser à toi, guetter ton retour, ce qui était ma plus grande, ma seule félicité.

Un jour, ma mère m'appela dans sa chambre avec une certaine gravité, me disant qu'elle devait me parler sérieusement. Je devins pâle et sentis mon cœur battre soudainement : avait-elle deviné quelque chose, deviné mon secret ? Ma première pensée fut pour toi, pour ce secret qui me liait au monde. Mais ma mère semblait elle-même embarrassée. Elle me prit tendrement dans ses bras (ce qu'elle ne faisait presque jamais), me fit asseoir à côté d'elle sur le canapé, puis, hésitante et gênée, elle commença à me dire que son parent, ce veuf, lui avait fait une demande en mariage, et qu'elle avait décidé, principalement pour moi, d'accepter. Le sang monta à mon cœur encore plus chaudement : une seule pensée résonnait en moi, la pensée de toi. « Mais nous restons ici, n'est-ce pas ? » parvins-je à balbutier. « Non, nous déménageons à Innsbruck, Ferdinand a une belle villa là-bas. » Je n'entendis plus rien après cela. Tout devint noir devant mes yeux. Plus tard, j'appris que j'étais tombée dans les pommes ; j'entendis ma mère raconter à mon futur beau-père, qui attendait derrière la porte, que j'étais soudainement tombée en arrière, les mains ouvertes, comme un poids mort.

Ce qui s'est passé dans les jours qui ont suivi, la manière dont je me suis battue, moi, une enfant impuissante, contre la volonté écrasante de ma mère, je ne saurais te le décrire. Encore maintenant, ma main tremble en l'écrivant. Je ne pouvais pas révéler mon véritable secret, et ainsi ma résistance passait pour de la pure obstination, de la méchanceté et du caprice. Personne ne parlait plus avec moi, tout se faisait en cachette. Ils profitaient des heures où j'étais à l'école pour préparer le déménagement ; et quand je rentrais, un autre meuble avait disparu ou avait été vendu. Je voyais l'appartement, et avec lui ma vie, se désagréger. Un jour, quand je suis rentrée pour déjeuner, les déménageurs étaient passés et avaient tout emporté. Dans les pièces vides, il ne restait que des valises prêtes et deux lits de camp pour ma mère et moi : nous devions passer là une dernière nuit avant de partir pour Innsbruck le lendemain.

Ce dernier jour, j'ai ressenti avec une soudaine détermination que je ne pouvais pas vivre sans être près de toi. Je ne voyais pas d'autre issue que toi. Comment ai-je pu imaginer cela, et si j'ai seulement pu penser clairement dans ces heures de désespoir, je ne pourrais jamais le dire. Mais soudain — ma mère était partie — je me levai, vêtue de ma robe d'école, et allai vers chez toi. Non, je n'allais pas : c'était comme si une force invisible me poussait, mes jambes raides, mes articulations tremblantes, vers ta porte. Je t'ai déjà dit, je ne savais pas exactement ce que je voulais : me jeter à tes pieds, te supplier de me garder comme servante, comme esclave. Tu souriras peut-être en entendant ce fanatisme innocent d'une adolescente de quinze ans, mais — mon bien-aimé, tu ne sourirais plus si tu savais ce que j'ai ressenti à cet instant. Là, debout dans le couloir glacé, terrifiée, mais poussée en avant par une force incompréhensible, j'ai arraché mon bras tremblant à mon corps pour qu'il se lève, et — ce fut un combat à travers une éternité de secondes terribles — je posai enfin mon doigt sur le bouton de la sonnette. Encore aujourd'hui, le son strident de cette sonnerie résonne à mes oreilles, puis le silence qui suivit, où mon cœur s'arrêta, où tout mon sang se figea et où je n'écoutais que pour savoir si tu venais.

Mais tu n'es pas venu. Personne n'est venu. Tu étais apparemment absent cet après-midi-là, et Johann devait être en course. Alors, avec le son éteint de la sonnette résonnant encore dans mes oreilles, je suis retournée dans notre appartement détruit et vidé, et je me suis effondrée, épuisée, sur un plaid, comme si les quelques pas que j'avais faits m'avaient épuisée autant qu'une marche interminable dans la neige profonde. Pourtant, malgré cette épuisement, une flamme de détermination brûlait encore en moi : je voulais te voir, te parler avant qu'ils ne m'arrachent à toi. Je te le jure, il n'y avait aucune pensée sensuelle dans tout cela, j'étais encore ignorante, tellement obsédée par toi seul que je ne pensais à rien d'autre : je voulais juste te voir, te voir une dernière fois, m'accrocher à toi. Toute la nuit, cette longue, effroyable nuit, je t'ai attendu, mon bien-aimé. À peine ma mère s'était-elle couchée et endormie, que je me suis faufilée dans l'antichambre pour écouter, pour guetter ton retour. Toute la nuit, j'ai attendu, et c'était une nuit glaciale de janvier. J'étais fatiguée, mes membres me faisaient mal, et il n'y avait plus de chaise pour m'asseoir : alors je me suis allongée à plat ventre sur le sol froid, balayé par les courants d'air venant de la porte. J'étais là, dans ma mince robe, étendue sur ce sol douloureusement froid, et je n'ai pas pris de couverture ; je ne voulais pas avoir chaud, de peur de m'endormir et de manquer le bruit de tes pas. C'était douloureux, mes pieds se crispaient de froid, mes bras tremblaient ; je devais me lever sans cesse, tant il faisait froid dans cette obscurité effrayante. Mais j'attendais, j'attendais, j'attendais, comme si j'attendais mon destin.

Enfin – il devait être deux ou trois heures du matin – j'ai entendu la porte de l'immeuble s'ouvrir, puis des pas monter l'escalier. Toute la froidure a disparu en un instant, remplacée par une chaleur brûlante ; doucement, j'ai ouvert la porte pour te rejoindre, pour me jeter à tes pieds... Oh, je ne sais pas ce que j'aurais fait, moi, enfant stupide, à ce moment-là. Les pas se rapprochaient, la lumière des bougies dansait dans la montée d'escalier. Tremblante, je tenais la poignée de la porte. Était-ce toi qui venais ?

Oui, c'était toi, mon bien-aimé – mais tu n'étais pas seul. J'ai entendu un rire léger, aigu, et le bruissement d'une robe de soie, et puis ta voix douce et intime – tu rentrais chez toi avec une femme...

Comment j'ai pu survivre à cette nuit-là, je ne le sais pas. Le lendemain matin, à huit heures, ils m'ont emmenée à Innsbruck. Je n'avais plus la force de me battre.

Mon enfant est mort la nuit dernière – maintenant je serai à nouveau seule, si je dois vraiment continuer à vivre. Demain, des hommes étrangers, sombres, maladroits viendront avec un cercueil, ils y mettront mon pauvre, mon unique enfant. Peut-être que des amis viendront aussi, apportant des couronnes de fleurs, mais que sont des fleurs sur un cercueil ? Ils tenteront de me réconforter, me diront des mots, des mots, des mots ; mais que peuvent-ils y changer ? Je sais bien qu'à la fin, je serai encore seule. Et il n'y a rien de plus terrifiant que la solitude au milieu des autres. J'ai appris cela autrefois, durant ces deux années interminables à Innsbruck, de mes seize à mes dix-huit ans, où j'ai vécu comme une prisonnière, comme une exilée au sein de ma propre famille. Mon beau-père, un homme très calme et taciturne, était bienveillant avec moi, et ma mère, pour expier un tort inconscient, semblait prête à satisfaire tous mes désirs. Des jeunes gens cherchaient à m'approcher, mais je les repoussais tous avec un refus passionné. Je ne voulais pas être heureuse, ni vivre paisiblement loin de toi. Je me suis enfoncée dans un monde sombre de douleur et de solitude volontaire. Les vêtements neufs et colorés qu'ils m'achetaient, je refusais de les porter ; je me refusais à aller aux concerts, au théâtre, ou à participer à des sorties joyeuses en compagnie des autres. À peine sortais-je de la maison : croiras-tu, mon bien-aimé, que de cette petite ville où j'ai vécu deux ans, je ne connais pas plus de dix rues ? Je pleurais, et je voulais pleurer ; je me délectais de chaque privation que je m'imposais en plus de celle de ne plus te voir. Je ne voulais pas être détournée de ma passion, je voulais vivre uniquement pour toi. Je restais seule à la maison, des heures et des jours durant, et je ne faisais rien d'autre que penser à toi, sans cesse, revivant chaque petit souvenir, chaque rencontre, chaque attente, comme dans une pièce de théâtre. Et c'est ainsi que, parce que j'ai revécu chacune de ces secondes d'autrefois des centaines de fois, ma mémoire de mon enfance reste si brûlante, chaque minute de ces années passées est aussi vive et palpitante en moi que si elle avait traversé mon sang hier.

Je n'ai vécu que pour toi à cette époque. J'ai acheté tous tes livres ; quand ton nom apparaissait dans un journal, c'était un jour de fête pour moi. Croiras-tu que je connais chaque ligne de tes livres par cœur, tant je les ai lus ? Si quelqu'un me réveillait en pleine nuit pour me réciter une ligne tirée de tes livres, je pourrais encore aujourd'hui, après treize ans, la continuer comme dans un rêve : chaque mot de toi était pour moi comme un évangile, une prière. Le monde entier n'existait que par rapport à toi : je lisais les journaux de Vienne en pensant aux concerts et premières qui pourraient t'intéresser, et quand venait le soir, je t'accompagnais de loin : « Maintenant, il entre dans la salle, maintenant il s'assied. » Je rêvais de cela mille fois, parce que je t'avais vu une seule fois dans un concert.

Mais pourquoi te raconter tout cela, cette folie furieuse et désespérée, ce fanatisme tragique et sans espoir d'un enfant abandonné ? Pourquoi le dire à quelqu'un qui n'en a jamais rien soupçonné, qui ne l'a jamais su ? Mais étais-je vraiment encore un enfant à cette époque ? J'avais dix-sept, puis dix-huit ans – les jeunes hommes commençaient à se retourner sur moi dans la rue, mais cela ne faisait que m'indigner. L'amour, ou même l'idée de jouer avec l'amour pour quelqu'un d'autre que toi, m'était totalement inconcevable, impensable, si étranger que même la tentation m'aurait semblé un crime. Ma passion pour toi était restée la même, mais elle avait changé avec mon corps, avec mes sens éveillés, elle était devenue plus ardente, plus physique, plus féminine. Ce que l'enfant, avec son désir aveugle et naïf, n'avait pas pu comprendre en tirant la sonnette de ta porte, c'était maintenant mon unique pensée : me donner à toi, m'offrir à toi.

Les gens autour de moi me pensaient timide, ils me disaient réservée (je gardais farouchement mon secret derrière mes lèvres serrées). Mais en moi grandissait une volonté de fer. Tout mon être était tendu vers une seule direction : revenir à Vienne, revenir vers toi. Et j'ai imposé ma volonté, aussi insensée et incompréhensible qu'elle puisse paraître aux autres. Mon beau-père était riche, il me considérait comme sa propre fille. Mais dans un entêtement amer, je l'ai convaincu que je voulais gagner ma vie par moi-même, et j'ai finalement obtenu un emploi chez un parent à Vienne, comme employée dans un grand magasin de confection.

Dois-je te dire où m'a conduit mon premier pas lorsque, par un soir d'automne brumeux – enfin ! enfin ! – je suis arrivée à Vienne ? J'ai laissé mes bagages à la gare et je me suis précipitée dans un tramway – il me semblait qu'il roulait si lentement, chaque arrêt m'exaspérait – puis j'ai couru jusqu'à la maison. Tes fenêtres étaient illuminées, et mon cœur résonnait de bonheur. À cet instant, la ville, qui jusque-là m'avait semblé étrangère et sans vie, s'est animée pour moi : je vivais à nouveau, car je te savais proche, toi, mon rêve éternel. Je ne savais pas que, dans ton esprit, j'étais aussi lointaine que si j'étais restée derrière des vallées, des montagnes et des fleuves, alors que seule une mince vitre lumineuse séparait ton monde du regard brûlant que je posais sur tes fenêtres. Je ne voyais que la lumière, que la maison, que toi, que mon monde. Pendant deux ans, j'avais rêvé de ce moment, et il m'était enfin accordé. Je suis restée là, toute la longue soirée douce et voilée, debout devant tes fenêtres, jusqu'à ce que la lumière s'éteigne. Ce n'est qu'alors que je suis allée chercher mon nouveau foyer.

Chaque soir, je me tenais ainsi devant ta maison. Jusqu'à six heures, je travaillais dans le magasin, un travail dur et épuisant, mais il m'était cher, car cette agitation m'empêchait de sentir trop cruellement mon propre tourment. Et dès que les rideaux métalliques s'abattaient derrière moi, je me précipitais vers le but aimé. Mon seul désir était de te voir, juste une fois, te croiser, juste te contempler de loin. Au bout d'une semaine, cela arriva enfin. Mais c'est au moment où je ne m'y attendais pas que je t'ai rencontré : alors que je levais les yeux vers tes fenêtres, tu traversais la rue. Et soudain, je redevins l'enfant de treize ans, je sentis le sang monter à mes joues ; involontairement, malgré mon désir profond de croiser ton regard, je baissai la tête et passai devant toi en courant, comme effrayée. Ensuite, je me suis sentie honteuse de cette fuite timide, car désormais mon intention était claire : je voulais te rencontrer, je te cherchais, je voulais être reconnue par toi après toutes ces années de nostalgie, je voulais être vue, je voulais être aimée par toi.

Mais longtemps, tu ne m'as pas remarquée, même si chaque soir, qu'il neige ou que le vent froid de Vienne souffle fort, je me tenais là, dans ta rue. Souvent, j'attendais des heures en vain, et souvent tu quittais finalement la maison accompagné d'amis. Deux fois, je t'ai même vu avec des femmes, et c'est là que j'ai ressenti pleinement ma maturité, cette nouvelle dimension de mes sentiments pour toi, à travers un pincement soudain au cœur, qui déchirait mon âme lorsque je te voyais marcher si familièrement bras dessus bras dessous avec une autre femme. Je n'étais pas surprise ; je connaissais ces éternelles visiteuses de mon enfance, mais maintenant, cela me faisait mal, une douleur physique. Quelque chose en moi se tendait, à la fois hostile et désireux de cette intimité charnelle avec une autre. Un jour, dans mon orgueil enfantin (qui peut-être persiste encore en moi), je me suis abstenue de venir devant ta maison : mais quelle horreur ce fut, ce soir de vide, de révolte ! Le soir suivant, j'étais déjà de retour, humble et attendante, comme je l'ai été toute ma vie devant ton existence fermée.

Et enfin, un soir, tu m'as remarquée. Je t'avais déjà vu arriver de loin, et je me suis préparée à ne pas t'éviter. Par hasard, un chariot encombrait la rue, t'obligeant à passer tout près de moi. Ton regard distrait m'effleura, mais à peine avait-il rencontré le mien – quelle secousse cela provoqua en moi ! – qu'il devint immédiatement ton regard de séducteur, ce regard tendre, enveloppant et dévoilant à la fois, ce regard qui avait éveillé en moi, l'enfant, la femme et l'amoureuse. Pendant une ou deux secondes, ce regard tint le mien, et je ne pouvais ni ne voulais m'en détacher. Puis tu passas à côté de moi. Mon cœur battait si fort que je dus ralentir mes pas, et, poussée par une curiosité irrépressible, je me retournai et vis que tu t'étais arrêté et que tu me regardais. Mais à la manière dont tu m'observais, curieux et intéressé, je compris immédiatement : tu ne me reconnaissais pas.

Tu ne me reconnaissais pas, ni à ce moment-là, ni jamais. Comment te décrire, mon bien-aimé, la déception de cette seconde ? C'était la première fois que je vivais ce destin de ne pas être reconnue par toi, un destin que j'ai vécu toute ma vie et avec lequel je mourrai ; toujours ignorée de toi. Comment te décrire cette déception ! Pendant ces deux années à Innsbruck, où je ne faisais que penser à toi à chaque instant, j'imaginais sans cesse notre première rencontre à Vienne, je rêvais des scénarios les plus extravagants, oscillant entre les plus heureux et les plus sombres, selon mon humeur. J'avais tout imaginé, tout rêvé ; je m'étais même préparée à l'idée que tu pourrais me repousser, me mépriser, me juger trop insignifiante, trop laide, trop intrusive. J'avais traversé en pensée toutes les formes de ton mépris, de ta froideur, de ton indifférence dans mes visions passionnées – mais jamais, pas même dans mes pires moments d'insécurité, je n'avais osé envisager cette possibilité terrible : que tu ne te souviennes pas du tout de moi.

Aujourd'hui, je comprends – oh, c'est toi qui m'as appris à comprendre ! – qu'un visage de femme, pour un homme, doit être extraordinairement changeant, qu'il est souvent un simple reflet, tour à tour d'une passion, d'une naïveté ou d'une lassitude, et qu'il s'efface aussi facilement qu'un reflet dans un miroir. Ainsi, un homme peut facilement perdre de vue le visage d'une femme, car l'âge, l'ombre et la lumière le traversent, et la tenue vestimentaire le cadre différemment à chaque fois. Les résignés, ce sont eux les vrais sages.

Mais moi, l'adolescente que j'étais alors, je ne pouvais encore comprendre ton oubli. D'une certaine manière, mon obsession démesurée et continue pour toi m'avait fait croire que toi aussi tu pensais souvent à moi, que toi aussi tu m'attendais. Comment aurais-je pu respirer en sachant que je n'étais rien pour toi, que jamais aucun souvenir de moi ne traversait ton esprit ? Ce réveil brutal, devant ton regard qui ne montrait aucun signe de reconnaissance, m'a révélé pour la première fois une réalité cruelle : aucune trace de ton existence ne s'étendait jusqu'à la mienne. Ce fut ma première chute dans la réalité, une première prémonition de mon destin.

Tu ne m'avais pas reconnue cette première fois. Et deux jours plus tard, lorsque ton regard m'a à nouveau enveloppée avec une certaine familiarité lors de notre nouvelle rencontre, tu ne m'as toujours pas reconnue comme celle qui t'avait aimé et que tu avais éveillée. Non, tu ne m'as vue que comme la jolie jeune fille de dix-huit ans qui t'avait croisé à cet endroit deux jours auparavant. Tu m'as regardée avec une surprise amicale, un léger sourire flottait sur tes lèvres. Tu es encore passé devant moi, et à nouveau, j'ai ralenti le pas. Je tremblais, j'étais transportée de joie et de prière, espérant que tu m'adresserais la parole. Je sentais que, pour la première fois, j'existais vraiment pour toi. Moi aussi, j'ai ralenti mes pas, sans t'éviter. Et soudain, je t'ai senti derrière moi, sans même avoir besoin de me retourner. Je savais que, pour la première fois, j'allais entendre ta voix bien-aimée me parler. L'attente me paralysait, je craignais presque de devoir m'arrêter tant mon cœur battait fort – puis tu es venu à mes côtés.

Tu m'as abordée avec cette manière légère et joyeuse qui t'est propre, comme si nous étions de vieux amis – mais tu n'avais aucune idée de qui j'étais vraiment, jamais tu n'avais rien deviné de ma vie ! Tu m'as parlé avec tant de simplicité et de naturel que j'ai même pu te répondre. Nous avons marché ensemble tout le long de la rue. Puis tu m'as demandé si nous voulions dîner ensemble. J'ai dit oui. Comment aurais-je pu te dire non ?

Nous avons dîné ensemble dans un petit restaurant – te souviens-tu de l'endroit ? Oh, bien sûr que non, tu ne peux pas le distinguer des autres soirées semblables, car qui étais-je pour toi ? Une parmi des centaines, une aventure dans une chaîne infinie. Pourquoi te serais-tu souvenu de moi ? Je parlais à peine, car j'étais simplement trop heureuse de t'avoir près de moi, d'entendre ta voix. Pas un seul instant je ne voulais gâcher par une question ou un mot maladroit. Je ne t'oublierai jamais pour cette soirée où tu as comblé ma vénération passionnée : tu étais si délicat, si attentif, si respectueux, sans aucune insistance, sans ces gestes précipités et caressants. Dès le premier instant, une amitié sûre et confiante s'est installée entre nous, si bien que tu m'aurais conquise même si je n'avais déjà été à toi de tout mon être. Oh, tu ne sais pas à quel point tu as répondu à mes attentes, en ne décevant pas ces cinq années d'attente enfantine !

Il se faisait tard, et nous avons quitté le restaurant. À la porte, tu m'as demandé si j'étais pressée ou si j'avais encore du temps. Comment aurais-je pu te cacher que j'étais prête à tout pour toi ! J'ai répondu que j'avais du temps. Alors, hésitant à peine, tu m'as proposé de venir chez toi pour discuter un peu. « Volontiers », ai-je dit, spontanément, sans réfléchir, tant ma réponse me semblait évidente. Aussitôt, je vis que ma réponse rapide t'avait touché, d'une manière ou d'une autre, peut-être positivement, peut-être embarrassé, mais en tout cas, tu étais surpris. Aujourd'hui, je comprends ton étonnement ; je sais que, chez les femmes, il est courant de dissimuler leur désir de se donner, de feindre la surprise ou l'indignation, qui ne s'apaisent que par des supplications, des promesses ou des serments. Je sais que seules les professionnelles de l'amour ou les jeunes filles naïves peuvent répondre avec une telle pleine et joyeuse acceptation à une telle invitation. Mais moi – comment aurais-tu pu le deviner – ce n'était que la matérialisation de ma volonté, l'éruption de ma soif de toi, accumulée pendant des milliers de jours. Quoi qu'il en soit, tu étais frappé, et je sentais que tu commençais à t'intéresser à moi. Tout en marchant, je voyais que tu me dévisageais, intrigué, essayant de comprendre ce qui se cachait derrière ce que tu percevais. Ton instinct, si sûr dans tout ce qui est humain, détectait ici quelque chose d'inhabituel, un mystère chez cette jolie fille avenante. La curiosité s'éveillait en toi, et je le sentais dans tes questions, qui cherchaient à percer mon secret. Mais je te fuyais : je préférais te sembler insignifiante plutôt que de te révéler mon secret.

Nous sommes montés chez toi. Pardonne-moi, mon bien-aimé, si je te dis que tu ne peux pas comprendre ce que ce trajet, cet escalier, signifiaient pour moi : quel vertige, quel trouble, quelle confusion, quelle joie folle et déchirante, presque mortelle. Même aujourd'hui, je peux à peine y penser sans pleurer, et pourtant je n'ai plus de larmes. Mais sache seulement que chaque objet de cet endroit était imprégné de ma passion, chacun était un symbole de mon enfance, de mon désir : la porte devant laquelle j'avais attendu des milliers de fois, l'escalier où j'avais toujours guetté tes pas et où je t'avais vu pour la première fois, le judas par lequel je t'espionnais, le paillasson devant ta porte où je m'étais un jour agenouillée, le bruit de la clé qui me faisait bondir d'excitation dans ma cachette. Toute mon enfance, toute ma passion se trouvaient nichées dans ces quelques mètres d'espace ; tout mon être était là, et maintenant tout cela s'abattait sur moi comme une tempête, tandis que tout, absolument tout se réalisait enfin : je marchais avec toi, dans ta maison, dans notre maison.

Imagine – cela semble banal, mais je ne sais pas comment le dire autrement – que jusqu'à ta porte, tout n'avait été que réalité, le monde terne de tous les jours, et que derrière cette porte commençait le royaume enchanté de l'enfant, le royaume d'Aladin. Imagine que j'avais mille fois fixé cette porte de mes yeux brûlants, et que maintenant, je la franchissais en titubant. Alors peut-être pourras-tu deviner – mais seulement deviner, jamais totalement comprendre, mon bien-aimé ! – ce que cette minute vertigineuse a emporté de ma vie.

Je suis restée toute la nuit avec toi, cette fois-là. Tu ne te doutais pas que jamais auparavant un homme ne m'avait touchée, que personne n'avait encore senti ou vu mon corps. Mais comment aurais-tu pu le deviner, mon bien-aimé, car je ne t'ai opposé aucune résistance, j'ai réprimé toute hésitation par pudeur, uniquement pour que tu ne découvres pas le secret de mon amour pour toi, un amour qui t'aurait sûrement effrayé. Car tu n'aimes que ce qui est léger, frivole, sans poids, tu as peur d'être impliqué dans un destin. Tu veux te disperser, te donner à tous, au monde entier, mais tu ne veux pas d'un sacrifice. Si je te dis maintenant, mon bien-aimé, que je me suis donnée à toi dans ma virginité, je t'en supplie : ne me comprends pas mal ! Je ne t'accuse pas, tu ne m'as ni séduite, ni trompée, ni entraînée – c'est moi qui ai pressé le pas vers toi, qui me suis jetée dans tes bras, qui me suis abandonnée à mon destin. Jamais, jamais je ne t'accuserai, non, je te remercierai toujours, car cette nuit fut si riche, si pleine de plaisir, si flottante de bonheur. Quand j'ouvrais les yeux dans l'obscurité et que je te sentais à mes côtés, je me demandais pourquoi les étoiles n'étaient pas au-dessus de moi, tant je sentais que j'étais au ciel – non, jamais je n'ai regretté, mon bien-aimé, jamais je n'ai regretté cette heure. Je me souviens encore : pendant que tu dormais, alors que j'entendais ta respiration, que je sentais ton corps tout près de moi, si proche, j'ai pleuré dans l'obscurité, pleuré de bonheur.

Le matin, je me suis dépêchée de partir tôt. Je devais me rendre au travail, et je voulais partir avant que le domestique n'arrive : je ne voulais pas qu'il me voie. Lorsque je me suis retrouvée habillée devant toi, tu m'as prise dans tes bras, tu m'as regardée longuement ; étais-tu en train de te souvenir, de manière vague et lointaine, ou me trouvais-tu seulement belle, radieuse comme j'étais ? Puis tu m'as embrassée sur la bouche. Je me suis doucement dégagée et j'ai voulu partir. Alors tu m'as demandé : « Tu ne veux pas emporter quelques fleurs ? » J'ai dit oui. Tu as pris quatre roses blanches du vase en cristal bleu sur ton bureau (ah, je les connaissais déjà, d'un unique coup d'œil volé pendant mon enfance) et tu me les as données. Je les ai embrassées pendant des jours.

Nous avions convenu d'un autre soir pour nous revoir. Je suis venue, et encore une fois, ce fut merveilleux. Tu m'as offert une troisième nuit. Puis tu m'as dit que tu devais partir en voyage – oh, comme j'ai haï ces voyages depuis mon enfance ! – et tu m'as promis de m'écrire dès ton retour. Je t'ai donné une adresse à la poste restante – je ne voulais pas te donner mon nom. Je gardais mon secret. À nouveau, tu m'as donné quelques roses en guise d'adieu – en guise d'adieu.

Pendant deux mois, chaque jour, j'ai attendu... Mais à quoi bon te décrire les tourments infernaux de l'attente, du désespoir ? Je ne t'accuse pas, je t'aime tel que tu es, ardent et oublieux, généreux et infidèle, je t'aime ainsi, seulement ainsi, tel que tu as toujours été et tel que tu es encore aujourd'hui. Tu étais déjà revenu, je l'ai su en voyant tes fenêtres illuminées, et pourtant tu ne m'as pas écrit. Pas une seule ligne de toi dans mes derniers instants, pas une seule ligne de toi, à qui j'avais donné ma vie. J'ai attendu, j'ai attendu comme une désespérée. Mais tu ne m'as pas appelée, tu ne m'as écrit aucune ligne… aucune ligne…

Mon enfant est mort hier – c'était aussi ton enfant. Oui, c'était aussi ton enfant, mon bien-aimé, l'enfant de l'une de ces trois nuits, je te le jure, et on ne ment pas à l'ombre de la mort. C'était notre enfant, je te le jure, car aucun homme ne m'a touchée depuis ces heures où je me suis donnée à toi, jusqu'à celles où cet enfant a été arraché de mon corps. Je me sentais sacrée à cause de ton toucher : comment aurais-je pu me partager entre toi, qui étais tout pour moi, et d'autres qui n'ont fait que frôler ma vie ? C'était notre enfant, mon bien-aimé, l'enfant de mon amour conscient et de ta tendresse insouciante, gaspilleuse, presque inconsciente, notre enfant, notre fils, notre unique enfant.

Mais maintenant tu te demandes – peut-être effrayé, peut-être simplement surpris –, tu te demandes pourquoi je t'ai caché cet enfant toutes ces longues années et pourquoi je ne t'en parle que maintenant, alors qu'il repose ici, dans l'obscurité, dormant pour toujours, déjà prêt à partir et à ne jamais revenir, plus jamais ! Comment aurais-je pu te le dire ? Jamais tu n'aurais cru une femme inconnue, l'étrangère si prompte à se donner en trois nuits, celle qui, sans résistance, même avec désir, s'était ouverte à toi. Jamais tu n'aurais cru qu'elle t'avait été fidèle, toi, l'infidèle – jamais tu n'aurais pu reconnaître cet enfant comme le tien sans méfiance ! Même si mes paroles t'avaient semblé plausibles, tu n'aurais jamais pu effacer le doute secret que je cherchais à te tromper, toi, l'homme aisé, en t'attribuant l'enfant d'une autre. Tu m'aurais soupçonnée, et il serait resté entre nous une ombre, une ombre fuyante, un soupçon de méfiance. Je ne voulais pas de cela.

Et puis, je te connais ; je te connais mieux que tu ne te connais toi-même. Je sais que cela t'aurait pesé, toi qui aimes ce qui est léger, sans attache, insouciant dans l'amour. Cela t'aurait mis mal à l'aise de te retrouver soudain père, soudain responsable d'un destin. Tu te serais senti lié à moi, toi qui ne respires que dans la liberté. Je le sais, tu m'aurais haï pour cette liaison imposée, même malgré ta volonté consciente. Peut-être m'aurais-tu détestée pendant quelques heures seulement, peut-être pour quelques minutes fugitives, mais moi, je voulais que tu penses à moi toute ta vie sans amertume. Je préférais tout porter seule, plutôt que de devenir pour toi un fardeau, je voulais être la seule parmi toutes tes femmes dont tu te souviendrais avec amour, avec gratitude. Mais bien sûr, tu ne t'es jamais souvenu de moi, tu m'as oubliée.

Je ne t'accuse pas, mon bien-aimé, non, je ne t'accuse pas. Pardonne-moi si parfois une goutte d'amertume s'épanche dans mes mots, pardonne-moi – mon enfant, notre enfant repose là, mort, sous les bougies vacillantes ; j'ai levé mes poings vers Dieu en l'appelant meurtrier, mes sens sont confus et troublés. Pardonne-moi cette plainte, pardonne-la-moi ! Je sais bien que tu es bon, profondément bon et prêt à aider, même les plus étrangers qui te demandent de l'aide. Mais ta bonté est étrange, elle est là, disponible pour tous ceux qui tendent la main, elle est grande, infiniment grande, ta bonté, mais elle est – pardonne-moi – elle est paresseuse. Elle doit être sollicitée, elle doit être saisie. Tu aides quand on te demande, quand on t'implore, mais tu aides par timidité, par faiblesse, pas par joie. Tu n'aimes pas plus l'homme dans la misère que le frère dans le bonheur. Et les hommes comme toi, même les plus bienveillants, il est difficile de leur demander de l'aide.

Je me souviens encore : j'étais enfant, je te voyais par le judas de la porte, donner quelque chose à un mendiant qui avait sonné chez toi. Tu lui as donné vite, et beaucoup même, avant qu'il ne te demande, mais tu lui as tendu cela avec une certaine hâte, comme si tu voulais qu'il parte au plus vite, comme si tu craignais de le regarder dans les yeux. Je n'ai jamais oublié cette façon inquiète, fuyante, presque embarrassée que tu avais d'aider, et c'est pour cela que je ne me suis jamais tournée vers toi. Je sais bien que tu m'aurais soutenue à l'époque, même sans être certain que cet enfant était le tien, tu m'aurais réconfortée, tu m'aurais donné de l'argent, généreusement, mais toujours avec cette impatience secrète de te débarrasser de cet embarras. Oui, je crois même que tu m'aurais persuadée d'interrompre la grossesse. Et c'est cela que je craignais par-dessus tout – car que n'aurais-je pas fait pour toi si tu me l'avais demandé ? Comment aurais-je pu te refuser quoi que ce soit ? Mais cet enfant était tout pour moi, car il était de toi, il était encore toi, mais cette fois un toi que je pouvais garder, un toi qui m'appartenait à jamais – ou du moins je le croyais – donné à moi, à jamais en moi, lié à ma vie. Maintenant, enfin, je t'avais capturé ; je pouvais sentir ta vie grandir en moi, te nourrir, te caresser, t'embrasser quand mon âme en brûlait d'envie. Vois-tu, mon bien-aimé, c'est pour cela que j'étais si heureuse en sachant que j'avais un enfant de toi, et c'est pour cela que je ne t'en ai rien dit : car désormais tu ne pouvais plus m'échapper.

Mais, mon bien-aimé, ces mois n'ont pas été aussi heureux que je les avais imaginés dans mes pensées. Ils ont aussi été remplis de terreur et de souffrance, de dégoût face à la bassesse des hommes. Cela n'a pas été facile pour moi. Dans les derniers mois, je ne pouvais plus aller au travail, afin que mes parents ne s'en aperçoivent pas et ne rapportent rien à ma mère. Je ne voulais pas demander d'argent à ma mère, alors j'ai subsisté en vendant le peu de bijoux que je possédais, jusqu'à l'accouchement. Une semaine avant la naissance, une blanchisseuse m'a volé mes dernières couronnes, alors j'ai dû aller à la clinique pour accoucher. Là où seules les plus pauvres, les exclues et les oubliées de la société viennent, là, au milieu de la misère, ton enfant, notre enfant, est né. Cet endroit était un lieu de mort : tout y était étranger, tout y était hostile. Nous, les femmes, étions étrangères les unes aux autres, seules et pleines de haine, rassemblées uniquement par la misère et la souffrance dans cette salle sombre, imprégnée de chloroforme, de sang, de cris et de gémissements. Ce que la pauvreté impose comme humiliation, comme honte physique et morale, je l'ai enduré en côtoyant des prostituées et des malades, des femmes qui transformaient cette communauté de souffrance en une vulgarité commune. Les jeunes médecins, avec leur sourire ironique, soulevaient les draps des femmes sans défense, les exposant avec une fausse scientificité. Les infirmières, avides, faisaient preuve de cruauté. Là-bas, la dignité humaine est crucifiée sous les regards, la honte est fouettée par les mots. La plaque avec ton nom sur ma table de chevet était tout ce qu'il restait de toi dans cet endroit ; car ce qui gisait dans le lit n'était plus qu'un morceau de chair tremblant, scruté et manipulé comme un objet d'étude. Ah, ces femmes qui donnent des enfants à leurs maris tendrement attendus chez eux ne savent pas ce que c'est que d'accoucher seule, sans défense, comme sur une table de dissection ! Et aujourd'hui encore, lorsque je lis le mot « enfer » dans un livre, je pense malgré moi à cette salle bondée, étouffante, remplie de soupirs, de rires et de cris sanglants, où j'ai souffert, à ce véritable abattoir de la honte.

Pardonne-moi, pardonne-moi de parler de cela. Mais juste cette fois, je vais en parler, jamais plus, jamais plus après cela. J'ai gardé le silence pendant onze ans, et bientôt je serai muette pour l'éternité : il fallait que je crie cela une fois, une seule fois, combien j'ai cherement payé pour cet enfant, qui était ma béatitude et qui maintenant gît là, sans souffle. J'avais déjà oublié ces heures, depuis longtemps oubliées dans les sourires, dans la voix de l'enfant, dans mon bonheur ; mais maintenant qu'il est mort, la douleur redevient vive, et je devais crier cette peine hors de mon âme, cette unique fois. Mais ce n'est pas toi que j'accuse, seulement Dieu, seulement Dieu, qui a rendu cette douleur absurde. Ce n'est pas toi que j'accuse, je te le jure, et jamais je ne me suis levée contre toi dans la colère. Même à l'heure où mon corps se tordait dans les douleurs, où mon corps brûlait de honte sous les regards scrutateurs des étudiants, même à l'instant où la douleur déchirait mon âme, je ne t'ai pas accusé devant Dieu ; je n'ai jamais regretté ces nuits, jamais maudit mon amour pour toi, je t'ai toujours aimé, toujours béni l'heure où tu m'es apparu. Et si je devais revivre l'enfer de ces heures et que je sache à l'avance ce qui m'attend, je le referais, mon bien-aimé, encore une fois et mille fois !

Notre enfant est mort hier – tu ne l'as jamais connu. Jamais, même lors d'une rencontre fortuite, ce petit être épanoui, ton être, n'a croisé ton regard en passant. Je me suis longtemps cachée de toi, une fois que j'ai eu cet enfant, mon désir pour toi était devenu moins douloureux, oui je crois que je t'aimais moins passionnément, du moins je ne souffrais plus autant de mon amour depuis qu'il m'avait été donné. Je ne voulais pas me diviser entre toi et lui ; alors je ne me suis pas offerte à toi, l'heureux, qui passais ta vie à côté de la mienne, mais à cet enfant, qui avait besoin de moi, que je devais nourrir, que je pouvais embrasser et étreindre. Je semblais sauvée de mon agitation pour toi, de mon destin, sauvée par cet autre toi, qui était véritablement mien − seulement très rarement, tout à fait rarement, mon sentiment s'approchait humblement de ta maison. Je n'ai fait qu'une chose : à ton anniversaire, je t'envoyais toujours un bouquet de roses blanches, exactement les mêmes que celles que tu m'avais offertes après notre première nuit d'amour. T'es-tu jamais demandé, durant ces dix, ces onze années, qui les envoyait ? T'es-tu peut-être souvenu de celle à qui tu avais offert de telles roses ? Je ne le sais pas et je ne connaîtrai pas ta réponse. Juste te les offrir depuis l'ombre, faire refleurir une fois par an le souvenir de cette heure − cela me suffisait.

Tu ne l'as jamais connu, notre pauvre enfant − aujourd'hui je m'accuse de te l'avoir caché, car tu l'aurais aimé. Tu ne l'as jamais connu, ce pauvre garçon, tu ne l'as jamais vu sourire, lorsqu'il levait doucement les paupières puis avec ses yeux noirs et intelligents − tes yeux ! − il projetait une lumière vive et joyeuse sur moi, sur le monde entier. Ah, il était si gai, si aimable : toute la légèreté de ton être se répétait enfantinement en lui, ton imagination rapide et vivante renouvelée en lui : il pouvait passer des heures à jouer amoureusement avec des choses, tout comme tu joues avec la vie, puis redevenir sérieux, les sourcils froncés, assis devant ses livres. Il devenait de plus en plus toi ; déjà se manifestait en lui cette dualité de sérieux et de jeu qui te caractérise, et plus il te ressemblait, plus je l'aimais. Il apprenait bien, il parlait français comme un petit perroquet, ses cahiers étaient les plus soignés de la classe, et il était si beau, si élégant dans sa robe de velours noir ou son petit blouson de marin. Il était toujours le plus élégant partout où il allait, à Grado sur la plage, quand je marchais avec lui, les femmes s'arrêtaient et caressaient ses longs cheveux blonds, au Semmering, lorsqu'il était en traîneau, les gens se retournaient en admiration. Il était si beau, si délicat, si affable : lorsqu'il est entré l'année dernière à l'internat du Theresianum, il portait son uniforme et sa petite épée comme un page du dix-huitième siècle − et maintenant, il n'a plus que sa petite chemise, le pauvre, là allongé avec des lèvres pâles et les mains jointes.

Mais tu te demandes peut-être comment j'ai pu élever l'enfant dans un tel luxe, comment j'ai pu lui permettre cette vie lumineuse et joyeuse du monde supérieur. Mon cher, je te parle depuis l'ombre ; je n'ai pas honte, je veux te le dire, mais ne sois pas effrayé, mon bien-aimé – je me suis vendue. Je n'étais pas exactement ce qu'on appelle une fille de rue, une prostituée, mais je me suis vendue. J'avais des amis riches, des amants riches : au début, je les cherchais, puis ils me cherchaient, car j'étais – l'as-tu jamais remarqué ? – très belle. Chacun à qui je me donnais m'aimait, tous me remerciaient, tous me chérissaient, tous m'aimaient – sauf toi, sauf toi, mon bien-aimé !

Me méprises-tu maintenant que je t'ai révélé que je me suis vendue ? Non, je sais que tu ne me méprises pas, je sais que tu comprends tout et tu comprendras aussi que je l'ai fait uniquement pour toi, pour ton autre moi, pour ton enfant. Une fois, dans cette salle de maternité, j'ai touché à l'horreur de la pauvreté, je savais que dans ce monde, le pauvre est toujours le piétiné, l'humilié, la victime, et je ne voulais pas, à aucun prix, que ton enfant, ton bel et lumineux enfant, grandisse tout en bas, dans les détritus, dans l'obscurité, dans la vulgarité de la rue, dans l'air vicié d'une arrière-cour. Sa bouche délicate ne devait pas connaître le langage des égouts, son corps blanc ne devait pas porter les vêtements humides et froissés de la pauvreté – ton enfant devait tout avoir, toute la richesse, toute la légèreté de la terre, il devait remonter vers toi, dans ton sphère de vie.

C'est pourquoi, seulement pour cela, mon bien-aimé, je me suis vendue. Ce n'était pas un sacrifice pour moi, car ce que l'on appelle communément l'honneur et la honte, cela n'avait pas de substance pour moi : tu ne m'aimais pas, toi, le seul à qui mon corps appartenait, alors il m'était indifférent ce qui arrivait autrement à mon corps. Les caresses des hommes, même leur passion la plus profonde, ne me touchaient pas profondément, bien que je devais en respecter beaucoup et que ma compassion pour leur amour non partagé, rappelant mon propre destin, m'a souvent bouleversée. Ils étaient tous bons pour moi, ceux que je connaissais, tous m'ont choyée, tous me respectaient. Il y en avait un en particulier, un comte âgé et veuf, le même qui avait insisté aux portes pour obtenir l'admission de l'enfant sans père, de ton enfant, au Theresianum – il m'aimait comme une fille. À trois ou quatre reprises, il m'a demandé en mariage – je pourrais être comtesse aujourd'hui, maîtresse d'un château enchanté en Tyrol, vivre sans soucis, car l'enfant aurait eu un père tendre qui l'adorait, et moi un homme calme, noble et bienveillant à mes côtés – je ne l'ai pas fait, aussi fort et aussi souvent qu'il a insisté, aussi douloureux que cela a été pour lui ma réticence. Peut-être était-ce une folie, car autrement je vivrais maintenant quelque part, tranquille et en sécurité, et cet enfant bien-aimé avec moi, mais – pourquoi ne pas te l'avouer – je ne voulais pas m'attacher, je voulais être libre pour toi à chaque instant. Au plus profond de moi, dans l'inconscient de mon être, vivait toujours le vieux rêve d'enfant que tu m'appellerais peut-être encore à toi, ne serait-ce que pour une heure. Et pour cette heure possible, j'ai repoussé tout le reste, juste pour être libre pour ton premier appel. Qu'était ma vie entière depuis mon éveil de l'enfance sinon une attente, une attente de ta volonté !

Et cette heure est vraiment venue. Mais tu ne la connais pas, tu ne la soupçonnes pas, mon bien-aimé ! Même alors, tu ne m'as pas reconnue – jamais, jamais, jamais tu ne m'as reconnue ! Je t'avais déjà souvent croisé auparavant, dans les théâtres, les concerts, au Prater, dans la rue – chaque fois, mon cœur sursautait, mais tu passais à côté de moi : extérieurement, j'étais devenue une autre, de l'enfant timide était devenue une femme, belle comme ils disaient, vêtue de vêtements précieux, entourée d'admirateurs : comment pouvais-tu soupçonner en moi cette fille timide à la lumière tamisée de ta chambre à coucher ! Parfois, l'un des messieurs avec qui j'étais saluait, tu remerciais et levais les yeux vers moi : mais ton regard était une politesse étrangère, reconnaissant mais jamais reconnaissant, étranger, terriblement étranger. Une fois, je me souviens, ce non-reconnaissance, à laquelle j'étais presque habituée, est devenue une douleur brûlante : j'étais assise dans une loge de l'opéra avec un ami et toi dans la loge voisine. Les lumières s'éteignaient à l'ouverture, je ne pouvais plus voir ton visage, mais je sentais ton souffle si proche de moi, comme cette nuit-là, et sur le rebord de velours de la cloison de nos loges, ta main reposait, ta main fine et délicate. Et un désir infini m'a saisie de me pencher et de baiser humblement cette main étrangère, cette main si aimée, dont j'avais autrefois ressenti la tendre étreinte. La musique autour de moi montait en puissance, le désir devenait toujours plus passionné, je devais me contrôler, me forcer à résister, tant mes lèvres étaient attirées vers ta main aimée. Après le premier acte, j'ai demandé à mon ami de partir avec moi. Je ne supportais plus de t'avoir si étranger et si proche de moi dans l'obscurité.

Mais cette heure est venue, elle est revenue une dernière fois dans ma vie effondrée. C'était presque exactement il y a un an, le jour suivant ton anniversaire. Étrangement, j'avais pensé à toi toutes ces heures, car je célébrais toujours ton anniversaire comme une fête. Dès le petit matin, j'étais sortie acheter les roses blanches que je t'envoyais chaque année pour rappeler une heure que tu avais oubliée. L'après-midi, j'avais emmené le garçon chez Demel à la pâtisserie et le soir au théâtre, je voulais qu'il ressente aussi ce jour, sans en connaître la signification, comme une sorte de fête mystique depuis son enfance. Le lendemain, j'étais avec mon ami de l'époque, un jeune et riche industriel de Brno avec qui je vivais depuis deux ans, qui m'adorait, me choyait et voulait m'épouser tout comme les autres, et à qui je refusais tout aussi inexplicablement que les autres, bien qu'il couvre de cadeaux moi et l'enfant et qu'il soit lui-même charmant dans sa bonté un peu lourde et servile. Nous sommes allés ensemble à un concert, avons rencontré là une compagnie joyeuse, dîné dans un restaurant sur le Ringstrasse, et là, au milieu des rires et des bavardages, j'ai suggéré d'aller dans un cabaret, le Tabarin. Ce genre d'endroits, avec leur gaieté systématique et alcoolisée, me répugnait toujours, et je refusais habituellement de telles propositions, mais cette fois-ci – c'était comme une force magique insondable en moi, qui m'a fait soudainement lancer la suggestion au milieu de l'excitation joyeuse des autres – j'avais soudain un désir inexplicable, comme si quelque chose de spécial m'attendait là. Habitués à me faire plaisir, tous se sont rapidement levés, nous sommes allés, avons bu du champagne, et soudainement une folle gaieté, presque douloureuse, m'a envahie, comme je n'en avais jamais connue. Je buvais et chantais les chansons kitsch, presque contrainte de danser ou de jubiler. Mais soudain – comme si quelque chose de froid ou de brûlant avait soudainement été posé sur mon cœur – j'ai été arrachée à moi-même : à la table d'à côté, tu étais assis avec quelques amis et tu me regardais avec un regard admiratif et désireux, ce regard qui me bouleversait toujours tout l'intérieur. Pour la première fois depuis dix ans, tu me regardais à nouveau avec toute la force passionnelle inconsciente de ton être. Je tremblais. J'ai failli laisser tomber le verre que je tenais. Heureusement, les compagnons de table n'ont pas remarqué ma confusion : elle se perdait dans le rugissement des rires et de la musique.

Ton regard devenait de plus en plus brûlant et m'immergeait tout entière dans le feu. Je ne savais pas : m'avais-tu enfin, enfin reconnue, ou me désirais-tu à nouveau, comme une autre, comme une étrangère ? Le sang me montait aux joues, je répondais distraitement à mes compagnons de table : tu devais remarquer à quel point j'étais perturbée par ton regard. Imperceptiblement pour les autres, tu as fait un signe de tête, me demandant de sortir un instant dans le vestibule. Puis, tu as ostensiblement payé, pris congé de tes camarades et es sorti, non sans avoir indiqué auparavant que tu m'attendrais dehors. Je tremblais de froid, de fièvre, je ne pouvais plus répondre, plus contrôler mon sang agité. Par chance, à ce moment précis, un couple noir commença une danse étrange avec des talons claquants et des cris perçants : tout le monde les regardait, et j'ai profité de cette seconde. Je me suis levée, ai dit à mon ami que je revenais tout de suite, et t'ai suivi.

Dehors, dans le vestibule devant le vestiaire, tu m'attendais : ton regard s'est éclairé quand je suis arrivée. Souriant, tu t'es précipité vers moi ; j'ai tout de suite vu que tu ne me reconnaissais pas, tu ne reconnaissais ni l'enfant d'autrefois ni la jeune fille, tu m'as de nouveau abordée comme une nouvelle, une inconnue. "Avez-vous aussi une heure pour moi ?", as-tu demandé en confidence – je sentais par l'assurance de ton ton que tu me prenais pour une de ces femmes, pour une achetée d'un soir. "Oui", ai-je dit, le même "oui" tremblant mais naturel que la fille t'avait dit il y a plus d'une décennie dans la rue au crépuscule. "Et quand pourrions-nous nous voir ?", as-tu demandé. "Quand vous voulez", ai-je répondu – devant toi, je n'avais aucune honte. Tu m'as regardée un peu étonné, avec la même surprise méfiante et curieuse que celle que tu avais eue à l'époque, quand la rapidité de mon accord t'avait également surpris. "Pouvez-vous maintenant ?", as-tu demandé, un peu hésitant. "Oui", ai-je dit, "allons-y."

Je voulais aller au vestiaire chercher mon manteau.

Alors, je me suis souvenue que mon ami avait le ticket de vestiaire pour nos manteaux laissés ensemble. Retourner le demander aurait nécessité une explication compliquée, d'un autre côté, renoncer à cette heure avec toi, tant attendue depuis des années, je ne le voulais pas. Je n'ai donc pas hésité une seconde : j'ai pris seulement mon écharpe sur ma robe de soirée et suis sortie dans la nuit humide de brouillard, sans me soucier du manteau, sans me soucier de cet homme bon et tendre avec qui je vivais depuis des années et que je réduisais, devant ses amis, au plus ridicule des imbéciles, à un homme dont la bien-aimée s'enfuit au premier sifflement d'un étranger. Oh, j'étais pleinement consciente de la bassesse, de l'ingratitude, de la vilenie que je commettais envers un ami honnête, je sentais que j'agissais de manière ridicule et que je blessais mortellement un homme bienveillant pour toujours, je sentais que je déchirais ma vie en deux – mais qu'était pour moi l'amitié, qu'était mon existence face à l'impatience de sentir à nouveau tes lèvres, d'entendre ta voix douce parler contre moi. C'est ainsi que je t'ai aimé, maintenant je peux te le dire, alors que tout est fini et passé. Et je crois que si tu m'appelais de mon lit de mort, je trouverais soudain la force de me lever et de partir avec toi.

Une voiture attendait à l'entrée, nous avons conduit chez toi. J'entendais à nouveau ta voix, je sentais ta proximité tendre et j'étais tout aussi étourdie, aussi naïvement heureuse et confuse que jadis. Comment suis-je montée, après plus de dix ans, pour la première fois à nouveau ces escaliers – non, non, je ne peux pas te décrire comment j'ai tout ressenti doublement dans ces secondes, le passé et le présent, et dans tout, toujours et seulement toi. Dans ta chambre, peu de choses étaient différentes, quelques tableaux en plus, et plus de livres, ici et là des meubles étrangers, mais tout me saluait familièrement. Et sur le bureau, il y avait un vase avec des roses dedans – mes roses, celles que je t'avais envoyées la veille pour ton anniversaire en souvenir de celle que tu avais oubliée, que tu n'avais pas reconnue, même maintenant, alors qu'elle était près de toi, main dans la main et lèvre contre lèvre. Mais tout de même, j'étais heureuse que tu chérisses ces fleurs : ainsi, un souffle de mon être, un souffle de mon amour était autour de toi.

Tu m'as prise dans tes bras. Encore une fois, je suis restée avec toi toute une magnifique nuit. Mais même à nu, tu ne m'as pas reconnue. J'ai joyeusement enduré tes caresses éclairées et vu que ta passion ne faisait pas de distinction entre une amante et une femme achetée, que tu te donnais entièrement à ton désir avec l'abandon imprudent et prodigue de ton être. Tu étais si tendre et doux envers moi, celle ramenée du cabaret de nuit, si noble et si respectueusement affectueux, et pourtant si passionné dans le plaisir de la femme ; à nouveau, je sentais, étourdie par le bonheur ancien, cette unique dualité de ton être, la passion intellectuelle dans la passion sensuelle, qui avait déjà asservi l'enfant à toi. Jamais je n'ai connu chez un homme une telle dévotion à l'instant dans la tendresse, une telle explosion et un tel rayonnement de l'essence la plus profonde – certes pour ensuite s'éteindre dans un oubli infini, presque inhumain. Mais moi aussi, je me suis oubliée : qui étais-je dans l'obscurité à tes côtés ? Étais-je l'enfant brûlant d'antan, étais-je la mère de ton enfant, étais-je l'étrangère ? Ah, c'était si familier, si vécu, et tout à nouveau si intensément nouveau dans cette nuit passionnée. Et je priais pour que cette nuit ne finisse jamais.

Mais le matin est arrivé, nous nous sommes levés tard, et tu m'as invitée à prendre le petit-déjeuner avec toi. Nous avons bu ensemble du thé, préparé discrètement par une main invisible dans la salle à manger, et nous avons discuté. Encore une fois, tu t'adressais à moi avec toute la cordialité ouverte et chaleureuse de ton être, sans poser de questions indiscrètes, sans chercher à connaître l'essence de celle que j'étais. Tu n'as pas demandé mon nom, ni où j'habitais : j'étais pour toi encore une fois juste une aventure, celle sans nom, l'heure ardente qui se dissout sans trace dans la fumée de l'oubli. Tu as mentionné que tu avais prévu de voyager loin, en Afrique du Nord pour deux ou trois mois ; je tremblais au milieu de mon bonheur, car déjà résonnait à mes oreilles : fini, fini et oublié ! J'aurais voulu me jeter à tes genoux et crier : « Emmène-moi, pour que tu puisses enfin me reconnaître, enfin, après tant d'années ! » Mais j'étais si timide, si craintive, si esclave, si faible devant toi. Je ne pouvais que dire : « Quel dommage. » Tu m'as regardée en souriant : « Cela te peine vraiment ? »

Cela m'a saisie comme une soudaine fureur. Je me suis levée, je t'ai regardé, longuement et intensément. Puis j'ai dit : « L'homme que j'aimais partait toujours en voyage. » Je t'ai regardé droit dans les yeux. « Maintenant, maintenant il va me reconnaître ! » tout en moi tremblait, pressait. Mais tu m'as souri en retour et dit de manière rassurante : « On revient toujours. » « Oui, » ai-je répondu, « on revient, mais ensuite on a oublié. »

Il devait y avoir quelque chose de singulier, quelque chose de passionné dans ma façon de te dire cela. Car toi aussi, tu t'es levé et tu m'as regardée, surpris et très affectueusement. Tu m'as pris par les épaules : « Ce qui est bon ne s'oublie pas, je ne t'oublierai pas, » as-tu dit, et ton regard s'est profondément enfoncé en moi, comme s'il voulait graver cette image en lui. Et comme je sentais ce regard pénétrer en moi, cherchant, sondant, absorbant tout mon être, j'ai cru enfin, enfin briser le sort de l'aveuglement. Il va me reconnaître, il va me reconnaître ! Mon âme entière tremblait à cette pensée.

Mais tu ne m'as pas reconnue. Non, tu ne m'as jamais été plus étranger qu'à ce moment-là, car sinon − sinon tu n'aurais jamais pu faire ce que tu as fait quelques minutes plus tard. Tu m'avais embrassée, encore une fois passionnément. Je devais remettre en ordre mes cheveux qui s'étaient emmêlés, et pendant que je me tenais devant le miroir, alors j'ai vu à travers le miroir − et j'ai cru devoir m'effondrer de honte et d'horreur − je t'ai vu, de manière discrète, glisser quelques grosses coupures de banque dans mon muff. Comment ai-je pu ne pas crier, ne pas te gifler à ce moment-là − moi, qui t'ai aimé depuis l'enfance, la mère de ton enfant, tu me payais pour cette nuit ! J'étais pour toi une prostituée du Tabarin, rien de plus − payée, tu m'avais payée ! Ce n'était pas suffisant d'être oubliée par toi, je devais aussi être humiliée.

J'ai rapidement cherché mes affaires. Je voulais partir, vite partir. C'était trop douloureux. J'ai saisi mon chapeau, qui était sur le bureau, à côté du vase avec les roses blanches, mes roses. Alors, une puissante force irrésistible m'a saisie : je voulais essayer encore une fois de te rappeler. « Ne voudrais-tu pas me donner une de tes roses blanches ? » « Avec plaisir, » as-tu dit, et tu les as immédiatement prises. « Mais peut-être qu'elles t'ont été données par une femme, par une femme qui t'aime ? » ai-je dit. « Peut-être, » as-tu répondu, « je ne sais pas. Elles m'ont été données et je ne sais pas par qui ; c'est pourquoi je les aime tant. » Je t'ai regardé. « Peut-être sont-elles aussi de quelqu'un que tu as oublié ! »

Tu as paru étonné. Je t'ai regardé fermement. « Reconnais-moi, reconnais-moi enfin ! » criait mon regard. Mais tes yeux souriaient amicalement et sans savoir. Tu m'as embrassée encore une fois. Mais tu ne m'as pas reconnue.

Je me suis précipitée vers la porte, car je sentais les larmes monter à mes yeux, et je ne voulais pas que tu les voies. Dans le vestibule – je sortais si précipitamment – j'ai failli heurter Johann, ton serviteur. Timide et empressé, il s'est écarté, a ouvert la porte pour me laisser sortir, et là – dans cette seule seconde, tu entends ? dans cette seule seconde, alors que je le regardais avec des yeux larmoyants, cet homme âgé, il a soudain eu un éclair de reconnaissance dans son regard. Dans cette seule seconde, tu entends ? dans cette seule seconde, l'homme qui ne m'avait pas vue depuis mon enfance m'a reconnue. J'aurais pu me mettre à genoux devant lui pour cette reconnaissance et lui embrasser les mains. Alors j'ai juste arraché les billets de banque, avec lesquels tu m'avais flagellée, rapidement du muff et les lui ai donnés. Il tremblait, levait les yeux vers moi, effrayé – à cette seconde, il a peut-être deviné plus de choses sur moi que toi dans toute ta vie. Tous, tous les gens m'ont choyée, tous ont été bons avec moi – seulement toi, seulement toi, tu m'as oubliée, seulement toi, seulement toi, tu ne m'as jamais reconnue !

Mon enfant est mort, notre enfant – maintenant je n'ai plus personne dans le monde à aimer, à part toi. Mais qui es-tu pour moi, toi qui ne me reconnais jamais, jamais, qui passes à côté de moi comme à côté de l'eau, qui marches sur moi comme sur une pierre, qui continues toujours ton chemin en me laissant dans une attente éternelle ? Un jour, j'ai cru te tenir, toi l'éphémère, à travers l'enfant. Mais c'était ton enfant : il m'a cruellement quitté pendant la nuit pour entreprendre un voyage, il m'a oubliée et ne reviendra jamais. Je suis de nouveau seule, plus seule que jamais, je n'ai rien, rien de toi – plus d'enfant, pas un mot, pas une ligne, pas un souvenir, et si quelqu'un prononçait mon nom devant toi, tu l'entendrais comme quelque chose d'étranger. Pourquoi ne pas mourir de bon cœur, puisque je suis morte pour toi, pourquoi ne pas partir, puisque tu es parti loin de moi ? Non, mon bien-aimé, je ne t'accuse pas, je ne veux pas jeter mon désespoir dans ta demeure sereine. Ne crains pas que je continue de te tourmenter – pardonne-moi, je devais crier ma peine une fois dans cette heure, alors que l'enfant gît là, mort et abandonné. Juste cette fois, je devais te parler – puis je retournerai dans mon silence, dans mon obscurité, comme j'ai toujours été silencieuse à tes côtés. Mais tu n'entendras pas ce cri tant que je serai en vie – seulement quand je serai morte, tu recevras cet héritage de moi, de celle qui t'a aimé plus que toutes, et que tu n'as jamais reconnue, de celle qui a toujours attendu et que tu n'as jamais appelée. Peut-être, peut-être m'appelleras-tu alors, et pour la première fois, je te serai infidèle, je ne t'entendrai plus depuis ma mort : je ne te laisse aucune image, aucun signe, comme tu ne m'as rien laissé ; tu ne me reconnaîtras jamais, jamais. C'était mon destin dans la vie, que cela le soit aussi dans ma mort. Je ne t'appellerai pas dans ma dernière heure, je partirai sans que tu connaisses mon nom ni mon visage. Je meurs facilement, car tu ne ressens rien de loin. Si ma mort te faisait souffrir, je ne pourrais pas mourir.

Je ne peux plus écrire... ma tête est si lourde... mes membres me font mal, j'ai de la fièvre... je pense que je vais devoir m'allonger bientôt. Peut-être est-ce bientôt fini, peut-être que le destin me sera enfin clément, et je n'aurai pas à voir comment ils emportent l'enfant... Je ne peux plus écrire. Adieu, mon bien-aimé, adieu, je te remercie... C'était bien, malgré tout... je veux te remercier jusqu'à mon dernier souffle. Je me sens bien : je t'ai tout dit, tu sais maintenant, non, tu devines seulement combien je t'ai aimé, et pourtant cette amour ne t'a jamais pesé. Tu ne me manqueras pas –

cela me réconforte. Rien ne sera différent dans ta belle vie lumineuse... ma mort ne te change rien... cela me réconforte, toi mon bien-aimé.

Mais qui... qui t'enverra désormais toujours des roses blanches pour ton anniversaire ? Ah, le vase sera vide, la petite respiration, le petit souffle de ma vie qui t'entourait une fois par an, lui aussi s'envolera ! Bien-aimé, écoute, je t'en prie... c'est ma première et dernière demande... pour moi, prends des roses chaque anniversaire – c'est un jour où l'on pense à soi – et mets-les dans le vase. Fais-le, mon bien-aimé, fais-le comme d'autres font dire une messe une fois par an pour une chère disparue. Moi, je ne crois plus en Dieu et je ne veux pas de messe, je crois seulement en toi, je n'aime que toi et je veux continuer à vivre en toi... ah, juste un jour par an, tout doucement, comme j'ai vécu à tes côtés... Je t'en prie, fais-le, mon bien-aimé... c'est ma première demande à toi et la dernière... je te remercie... je t'aime, je t'aime... adieu…

Il posa la lettre de ses mains tremblantes. Puis il réfléchit longuement. Un souvenir confus émergea, celui d'une enfant du voisinage, d'une fille, d'une femme dans un cabaret nocturne, mais c'était un souvenir flou et embrouillé, comme une pierre qui scintille et tremble, informe, au fond d'une eau courante. Des ombres affluaient et repartaient, mais aucune image ne se formait. Il ressentait des souvenirs d'émotions, et pourtant, il ne se rappelait pas. Il avait l'impression d'avoir rêvé de toutes ces figures, souvent et profondément, mais ce n'étaient que des rêves. Son regard tomba alors sur le vase bleu devant lui sur le bureau. Pour la première fois depuis des années, il était vide à son anniversaire. Il sursauta : il lui semblait qu'une porte invisible venait de s'ouvrir brusquement, et qu'un courant d'air froid s'infiltrait de cet autre monde dans son espace tranquille. Il sentait une mort et ressentait un amour immortel : quelque chose se brisait en lui, et il pensait à l'Invisible, incorporelle et passionnée, comme à une musique lointaine.